AF243244

EXCURSION

DANS

LA PARTIE SUD-OUEST DE LA NOUVELLE-CALÉDONIE

faite en mars 1866

PAR M. GARNIER

INGÉNIEUR DES MINES

Le Mont d'Or est orienté N. 40° O. et offre quatre faces principales qui regardent le S.-O., le N.-O., le N.-E., et le S.-E.

Vu de l'Ouest, il présente un aspect saisissant : sa masse énorme est complètement détachée de toute chaîne et son flanc, sans courbure ni contour, descend verticalement, comme une vaste muraille, pour se raccorder presque à angle droit avec une plaine spacieuse et régulière, dont la riche végétation contraste vivement avec la roche nue et les broussailles maigres et dures de cette face ouest. D'une certaine distance, la *ligne de faîte* forme une courbe très-régulière, se rapprochant d'une moitié d'ellipse dont le grand axe serait la distance qui sépare la rivière de Boulari de la pointe Tara et dont la moitié du petit axe serait la hauteur du Mont-d'Or (775 mètres).

Vu du Sud-Ouest, la courbe est moins régulière et montre trois pitons distincts, dont le plus élevé se nomme Guemba.

Au Nord-Ouest, quatre ravins, prenant leur naissance très-près du mont Guemba, descendent en divergeant, mais en ligne droite ; ils échancrent profondément la montagne et présentent en plusieurs points des cascades remarquables ; les eaux y roulent d'énormes blocs de roche.

Sur la face Nord-Est, les pentes sont un peu moins rapides que sur le flanc Sud-Ouest ; les broussailles, abondantes et très-serrées, s'opposent presque complètement à l'ascension.

Au Sud-Est, ce massif se termine par un contrefort court et arrondi, que domine un piton de 451 mètres d'élévation ; celui-ci descend brusquement à la mer qui baigne son pied en le contournant pour former l'entrée de la baie Mouéa.

Le Mont-d'Or paraît avoir été un centre d'éruption à l'époque de plus ou moins longue durée pendant laquelle surgirent en abondance dans ces parages les roches éruptives qui forment aujourd'hui la principale partie de la Calédonie : ce cône élevé, à large base, diffère, au point de vue physique, des pics voisins par son isolement, mais les roches qui le composent se rattachent à celles de la *grande chaîne* et ont exercé les mêmes actions soulevantes et métamorphiques sur les roches stratifiées à travers lesquelles elles se sont fait jour.

Du côté de l'Ouest, c'est-à-dire sur le rivage de la mer, on rencontre au pied du Mont-d'Or des grès, des schistes carbonifères et des amas de charbon minéral ordinaire. Ici, contrairement à ce qui a lieu le long et au pied de la *grande chaîne*, les éléments carbonifères forment une bande étroite qui prend naissance à la hauteur de *l'îlot au charbon,* se prolonge en s'élargissant un peu jusqu'à la rivière de Boulari, se retrouve sur la rive droite et se développe davantage au pied des montagnes éruptives qui courent au Nord-Ouest : là, elle traverse des collines peu élevées et des plaines quelquefois assez vastes, bien arrosées, fertiles et peuplées.

Les gisements carbonifères ne se retrouvent plus vers le Sud et avec eux disparaissent aussi les plaines fertiles ; la mer frappe directement le pied de montagnes éruptives, aux pentes abruptes, dénudées ou couvertes d'une végétation languissante. Çà et là, les estuaires des torrents sillonnent cependant de petites plaines recouvertes d'une terre rouge, sablonneuse, mêlée d'argile, dans laquelle les rares naturels de ce district viennent en pirogue et d'assez loin planter les cannes à sucre, l'igname, etc. L'on serait étonné en voyant la beauté et l'abondance des récoltes fournies par une pareille matrice, si l'on ne savait que, par leur désagrégation, les roches volcaniques produisent souvent un sol fertile, contenant déjà, en proportions convenables, les éléments de la végétation : silice, alumine, chaux, potasse et fer. En ces mêmes points le cocotier vient aussi très-bien, quoique ses fruits y soient de moyenne grosseur. Sur les bords escarpés des ruisseaux torrentueux qui prennent leur naissance dans l'intérieur, et à une certaine distance de la mer, on trouve des forêts magnifiques dans lesquelles, semblable à une gigantesque colonne, s'élance le superbe Kaori. Les parties basses et principalement les îlots voisins de la côte sont couverts de Pins colonnaires que le Gouvernement utilise fréquemment.

Le charbon, au pied du Mont-d'Or, se rencontre en *nids* et non en *couches* ; il est placé au milieu d'un grès blanc-rougeâtre arénacé, dans lequel on ne voit aucune trace de ciment reliant les grains entre eux ; aussi, ce grès ne subsiste-t-il que par places assez rares, au contact seulement des roches éruptives qui l'ont durci. A quelque distance de ces dernières, cependant, on rencontre ces grès accompagnés de charbon, inaltérés tous deux : le *combustible* offre alors les caractères d'un *lignite* léger, mais très-bitumineux ; quant aux grès, ils n'ont plus qu'une très-faible cohésion et disparaissent tous les jours, entraînés par les eaux, derniers vestiges d'une formation peut-être puissante autrefois. Comme témoignages de cette destruction, on trouve souvent encore sur le rivage des fragments de lignite roulés par le flot.

En face du Mont-d'Or s'élèvent l'îlot au charbon (Ndé); l'îlot Bailly (N'dumbui) et l'îlot Charron. Dans le premier, d'où l'on peut, à mer basse, se rendre à pied sur la grande terre, on rencontre, au contact de roches éruptives, des bancs de grès arénacés et carbonifères, où le *Prony* put autrefois extraire une certaine quantité de combustible qu'il utilisa avec succès ; il est probable que cet aviso opéra l'extraction du charbon contenu dans un nid assez développé au milieu des grès ; aujourd'hui, on ne rencontre plus que quelques filets d'anthracite au contact des roches d'origine ignée (le lignite, d'après M. Delesse, peut se transformer en anthracite à la température de 400°). On trouve aussi sur cet îlot des dépôts horizontaux récents d'argile de 10 mètres d'épaisseur environ et des grès argileux à grains très-fins, alluvions qui proviennent certainement, en grande partie, de la décomposition des grès carbonifères et qui ont pu se déposer sur cet îlot, que sa composition a seule préservé de la destruction.

L'îlot Charron a la forme d'une pyramide à base triangulaire ; il est placé dans la direction des roches calcaires de la presqu'île de Nouméa, des îles Nou, etc. et comme la plus grande partie de ces points, il se compose de roches cristallines de carbonate de chaux et de spath calcaire. (Voir *Moniteur de la Nouvelle-Calédonie*, n° 300, 1865).

En contournant le Mont-d'Or et se dirigeant entre son pied et la rivière de Boulari, on rencontre d'abord une série de petites collines, reliées par des contreforts et composées de roches schisteuses et noduleuses semblables à celles des environs de Nouméa : la végétation est d'une grande richesse, aussi y trouve-t-on de nombreuses et belles plantations indigènes. Dans les petits vallons qui séparent ces collines, entonnoirs bien abrités des vents et toujours un peu humides, les cafiers réussiraient très-bien. Toutefois, l'établissement de voies de transport y serait assez coûteux.

Bientôt l'aspect du pays change d'une manière complète : aux schistes succèdent des argiles rouges formant des collines peu élevées, mais allongées, qui contiennent des rognons de fer oxydé de différente nature, fer chromé, etc. Quelques petits filons de quartz, cristallisé parfois, blanc jaunâtre, caverneux, grenu, courent au milieu de ces amas argileux ; on y rencontre aussi des veines de feldspath coloré par l'oxyde de fer : la végétation est à peu près nulle. Sur le bord de la rivière (Boulari), et dans les argiles, se trouvent deux puits, dont l'un, de 5 mètres de profondeur environ, a été creusé, disent les canaques, par l'infortuné M. Bérard dans la pensée qu'il trouverait une mine de cuivre.

Voici comment j'arrivai à la connaissance de ce fait. Je ramassai, il y a quelques mois, un fragment de cuivre oxydulé dans le lit d'un ruisseau qui descend des environs du *Chapeau* et traverse la propriété de M. Numa Joubert; celui-ci me donna aussi un échantillon de cuivre oxydulé trouvé dans un ruisseau qui court parallèlement au premier et à une petite distance de lui : malgré les recherches que je fis dans ces points, je ne pus arriver à la découverte du gîte de ce minerai de cuivre. Les indigènes n'avaient jamais observé cette pierre, dont l'aspect cependant est assez remarquable; mais il n'en était pas de même des naturels de Boulari, dont quelques-uns, en voyant les échantillons, me dirent, qu'en effet, on en trouvait quelquefois de semblables dans leurs rivières, surtout après les pluies, et que M. Bérard, apprenant ce fait, avait creusé les deux puits en question. On sait que le *cuivre oxydulé* est un des plus purs et des plus riches minerais de cuivre ; il se rencontre en amas ou nodules disséminés dans des grès et à proximité de roches éruptives serpentineuses ; or, les torrents dans lesquels les deux petits nodules ont été rencontrés prennent leur source dans les montagnes serpentineuses de la *Grande Chaîne* rencontrent immédiatement après les terrains carbonifères, grès et poudingues, qui sont souvent ici affectés par de nombreuses éruptions de *Traps* (1); ces dernières roches, au LAC SUPÉRIEUR, sont, elles-mêmes, dans des circonstances analogues, la matrice de l'abondant cuivre natif que l'on y exploite. D'après tous ces faits, il serait certainement très-raisonnable et très-important de faire des recherches suivies dans les environs du Mont-d'Or.

En quittant les fouilles opérées par M. Bérard, nous commençâmes à contourner la face N.-E. du Mont-d'Or, nous dirigeant au S.-E. : les parties basses sont ici très-marécageuses ; quelquefois aussi elles sont remplies par des blocs descendus du Mont-d'Or, des masses ferrugineuses et silicieuses à demi scorifiées, etc. En arrivant dans la plaine de Khouen on trouve un ruisseau, affluent de la rivière *Mouéa*, dont les eaux jaunies par l'oxyde de

---

(1) *Moniteur* de la Nouvelle-Calédonie, n° 289, 1865.

fer tiennent en dissolution une forte proportion de sulfate de protoxyde de fer que dénonce leur saveur astringente et analogue à celle de l'encre : on sait que la médecine tire un grand parti de ces eaux ; celles-ci prennent leur source sur le flanc N.-E. du Mont-d'Or et vers le col qui le sépare de son contre-fort Sud.

En opérant l'ascension du Mont-d'Or par le ruisseau de la cascade (flanc S.-O.), on rencontre d'abord des alluvions récentes, formées de blocs éruptifs volumineux détachés des parties plus élevées et empâtés dans des argiles jaunâtres. C'est dans ces alluvions que le ruisseau s'est creusé une cascade de 12 mètres environ de hauteur, dont les parois forment un petit cirque presque entièrement fermé. Au-dessus de cette chute d'eau, on trouve des roches plus anciennes stratifiées, très-friables : schistes argileux aux couleurs violettes, jaunes ou blanches, dirigés N.-O. S.-E. et fortement inclinés vers le Nord, auxquels succèdent des amas de matières sablonneuses friables et jaunâtres, qui, par le lavage des pluies et des eaux courantes, décèlent des fragments grossièrement arrondis de manganèse oxydé terreux.

Plus haut, dans le lit du ruisseau, ce sont des roches magnésiennes et serpentineuses de nature diverse ; enfin, à une altitude de 250 mètres environ, en un point où la *rivière de la cascade* coule resserrée entre deux murailles à peu près verticales de 20 mètres de hauteur environ, apparaît un amas de minerai de chrome. Là, ce minerai se présente en petits cristaux cimentés par une terre magnésienne. Ce gisement se montre surtout vers le sommet de la berge droite du ruisseau : à partir de ce point et jusqu'au sommet du Mont-d'Or, on ne voit plus que les euphotides, roches hornblendiques, etc., ordinaires.

Au sommet le plus élevé du Mont-d'Or, sur une petite plate-forme, abonde le minerai de fer avec chrome, se présentant en masses plus ou moins volumineuses, mais ordinairement de la grosseur de la tête. Il est, dans certains points de ce plateau, amassé en tas de quelques mètres cubes de volume, peu espacés les uns des autres. Les naturels m'expliquèrent cela de la manière suivante : à une époque assez éloignée, les canaques de l'île des Pins et de Ouen venaient ravager les plaines de Morari et de

Boulari ; leurs habitants n'ayant de refuge que dans la fuite, et poursuivis quelquefois jusque dans la montagne par des ennemis nombreux et acharnés, se retiraient en dernier ressort sur la plate-forme en question : il leur était alors facile d'empêcher l'escalade en faisant rouler sur les assaillants ces gros et lourds galets de fer (qu'ils nomment Méragna) empilés en tas autour d'eux, comme de véritables boulets.

On effectue aisément l'ascension du Mont-d'Or en suivant l'arête qui prend naissance du côté de Boulari (N.-O). On y aperçoit d'abord les schistes noduleux cités, auxquels succèdent les schistes serpentineux et toute la série ordinaire. Il en est de même si l'on remonte la même arête en partant de son autre extrémité (S.-E.); par cette voie, on trouve, du côté de l'E., au sommet d'un ravin qui conduit ses eaux jusque dans la vallée de Khouen, un amas de minerai de chrome, cristallin très-riche en chrome, dont le gisement est au contact d'un amas très-abondant de fer hydroxydé, sur la nature duquel je reviendrai plus tard. De ce point, en descendant vers la vallée de Khouen, on rencontre bientôt un autre amas de fer chromé entouré de schistes serpentineux ; puis, en continuant à descendre jusque dans la plaine de Khouen, des galets de minerai de chrome, provenant très-probablement d'autres gîtes. Les roches environnantes sont très-scoriacées, très-ferrugineuses et accompagnées de blocs volumineux d'un silex caverneux et cristallin.

Du Mont-d'Or a la baie du Sud

En sortant de la baie Mouéa et se dirigeant vers le Sud, on traverse d'abord la petite rivière Houatio, le long de laquelle abondent les *diorites*, dans quelques-uns desquels le *hornblende* se transforme, devient très-ferrugineux et se décompose alors très-facilement, s'écrasant sous la moindre pression. Des pyrites accompagnent aussi ce diorite. Sur le bord de la mer viennent ensuite des schistes serpentineux identiques à ceux observés dans le Nord à Tanlé, Koumac et Gatope ; comme ces derniers, ils contiennent de nombreux petits filons d'un silicate de magnésie, très-riche en silice, blanc verdâtre, assez dur, d'origine aqueuse, et postérieur à la roche enveloppante, dans laquelle il se présente en rognons mamelonnés passant par transition insensible à du *quartz* opale de la variété hyalithe. Ces rognons magnésiens, longtemps exposés à l'action de l'air, subissent, de la surface au centre, une décomposition qui les transforme à la longue en une matière grise pulvérulente.

A l'entrée de la *baie des pirogues* (Potchéroin), les schistes serpentineux forment un mur vertical qui s'oppose au passage. En ce point, la mer bat ordinairement les roches avec violence, et, par ses chocs répétés, elle y a creusé une grotte profonde, dans laquelle la mer pénètre en se brisant avec tant de force, qu'elle en interdit totalement l'entrée.

On aperçoit fréquemment, au milieu des shistes serpentineux, des filons puissants de pyroxène, d'amphibole hornblende en masse ou quelquefois cristallisé, des diorites à gros et à petits grains, des dolérites passant au basalte, mais rarement ; toutes ces roches passent les unes aux autres d'une manière presque insensible, présentant pendant ces passages des phénomènes curieux et intéressants.

La rivière de Potchéroin est flottable, mais il est presque impossible de la remonter en suivant ses bords, à cause des flaques d'eau vaseuse qui les environnent dans lesquelles on enfonce profondément ; cependant ce cours d'eau est considérable et doit probablement arroser dans son parcours des plaines vastes et fertiles.

A cette baie succède celle de N'Go, où les navires peuvent mouiller en toute sécurité ; une belle rivière vient s'y jeter. Les montagnes environnantes sont élevées et recouvertes de terres rouges ferrugineuses, contenant des amas de fer hydroxydé ; tel est le pic *Kouré* (hauteur 489 mètres), au bord de la mer et dans le S.-E. de la baie.

La baie Uié vient ensuite ; elle est dominée, dans le S.-E., par le pic Ia (495 mètres), symétrique du pic Kouré et de même formation. Vu de l'O, ce pic effilé paraît être isolé, mais il n'est que le dernier sommet d'une chaîne de montagnes qui court très-régulièrement E.-O. On trouve dans les schistes serpentineux de cette chaîne des feldspaths blancs compacts et des filons d'une roche onctueuse au toucher, jaunâtre, rayée par l'acier et offrant tous les aspects d'une serpentine que j'ai reconnue être essentiellement composée de magnésie, de silice et de *glucine* ; cette dernière substance s'y trouvant dans une assez forte proportion ; on sait que les roches contenant la *glucine* sont rares et raient au moins le verre ; celle-ci est donc nouvelle et paraît jouir de propriétés intéressantes que je n'ai pas encore assez bien définies pour m'en occuper ici.

Le canal Woodin, du côté de la grande terre, est bordé par une rangée de hautes montagnes au sommet desquelles sont d'abondants filons de fer hydroxydé.

Sur le rivage de la baie du Sud, se montrent partout (dirigés N.-N.-O.) des roches schisteuses et serpentineuses fortement imprégnées de cristaux de fer chromé, au milieu desquelles sont des amas puissants d'argiles chargées de fer hydroxydé. Au fond de cette baie, à l'embouchure et sur la rive gauche d'un petit cours d'eau, existent des sources d'eaux thermales (température 33° c.), chargées de sels en dissolution qu'elles déposent en chaque point de leur passage, de sorte que leurs lits s'exhaussent et se déplacent souvent : elles ont ainsi recouvert de leurs incrustations et dépôts la petite colline sur le flanc de laquelle elles jaillissent et circulent avant de se jeter dans la rivière de la baie du Sud. Les divers points où ces sources font leur apparition sont très-voisins et à quelques mètres seulement au-dessus du niveau de la mer. Je n'ai pas eu le loisir d'analyser cette eau, mais l'essai des dépôts que j'ai rapportés y indique la présence, presque exclusive, du *bicarbonate de magnésie*, qui, arrivé au contact de l'air, laisse déposer du *carbonate de magnésie* en perdant une partie de son acide *carbonique*. L'attaque à l'eau pure de ces dépôts paraît aussi dissoudre une petite quantité de sels alcalins, du bicarbonate de soude très-probablement ; dans ce cas, l'eau elle-même devrait en contenir une proportion *sensible*.

La rivière ou ruisseau dont il vient d'être question (Nécoutcho) présente une petite cascade surmontée d'un rapide de 50 mètres environ de longueur ; pendant près d'un kilomètre, la rivière coule au milieu d'argiles et de roches serpentineuses ; ses berges sont très-abruptes, et le fer oxydé y est très-abondant : là, deux embranchements se présentent; le principal, nommé *Hono-Kuao*, vient sur la rive droite; je le remontai. Sur toute sa longueur, je rencontrai des roches serpentineuses et d'immenses blocs de minerai de fer qui remplissent ordinairement tout le lit du torrent. Sur les bords, la végétation est d'une puissance extraordinaire et s'oppose à la marche; c'est là que les kaoris atteignent des dimensions vraiment remarquables; aussi, les canaques de l'île Ouen, qui font avec ce bois leurs grandes pirogues, ont-ils pratiqué sur les bords du torrent un chemin qui remonte assez avant dans la montagne, afin de faire descendre, jusqu'à la mer, le tronc de ces arbres gigantesques.

Ile Ouen. — L'île Ouen, séparée de la grande terre par l'étroit canal de Woodin, est essentiellement composée de roches éruptives. Ses rivages sont dominés par de hautes montagnes généralement stériles, quelquefois couvertes de forêts dont les arbres n'offrent pas de dimensions suffisantes pour les besoins des constructions. Les habitants, au nombre de 150 au plus, sont loin de pouvoir tirer du sol les végétaux qu'ils consomment; aussi, vont-ils dans les îlots voisins, et jusqu'à Morari, le long du rivage, utilisant, comme on l'a vu plus haut, la plupart des oasis verdoyants voisins des ruisseaux torrentueux, pour y planter la canne, le taro, etc.

Ce manque de fertilité du sol est largement racheté d'un autre côté; je veux parler de la pêche qui, là, est d'une rare abondance. En effet, la mer environnante est parsemée de récifs sur lesquels abondent coquillages, poissons et tortues; un peu au large existent des îlots sablonneux visités par de nombreuses tortues à l'époque des pontes et couverts d'œufs d'oiseaux de mer. Ces pêches et ces voyages fréquents sur la mer, dans de frêles pirogues, exigent du travail, de l'audace et de l'adresse; aussi, les naturels de l'île Ouen m'ont-ils paru les plus intelligents, les plus habiles et les moins paresseux des tribus que j'ai visitées.

La baie de Kuté, qui s'enfonce très-profondément dans les terres, court Est et Ouest, et divise l'île Ouen en deux parties. Le Nord présente l'aspect et la composition des montagnes de la grande terre, dont le canal Woodin la sépare; le Sud, au contraire, offre plusieurs caractères nouveaux.

Partie nord de l'île Ouen. — La partie Nord de l'île Ouen est, en général, composée de schistes serpentineux fortement injectés de cristaux de fer chromé. Au milieu de ces schistes sont d'immenses amas de fer hydroxydé chromifère plus ou moins mélangé d'argiles rouges ; sur les sommets, ces argiles ont été entraînées par les pluies, laissant le sol couvert d'une quantité prodigieuse de galets plus ou moins gros de ces minerais de fer : un des points les plus remarquables sous ce rapport, est celui que l'on observe en remontant, près de la baie *Kuo*, le ruisseau de *Nohué*. A 200 mètres d'altitude environ, on se trouve en face d'un immense cône de minerai de fer, que les indigènes nomment *Mamié*; là, le ruisseau de Nohué se bifurquant, contourne ce cône qui se rattache, vers sa partie supérieure, à une série de chaînons dont les sommets sont aussi couverts de fer hydroxydé. Auprès de Mamié est un vaste plateau composé, également, de petits blocs du même minerai, que l'on dirait empilés par la main des hommes ; parmi ces masses ferrugineuses surgissent parfois, associées à des argiles, des serpentines en nids arrondis et contenant des rognons plus ou moins volumineux de petits cristaux accolés de fer *chromé* : un *schiste micacé* passant au micaschiste, fait aussi sur quelques points son apparition.

Tous les sommets des montagnes de cette partie de l'île Ouen offrent la même abondance de minerais ; la végétation y est nulle.

Les bords du canal Woodin sont, en certains points, surtout dans le fond des anses, couverts de quantités considérables de minerai de fer qui, descendu du haut des sommets, s'agglomère et forme d'immenses dalles qui pavent très-régulièrement le rivage.

Baie de Kuté. — Les bords de la baie Kuté se composent de formations peu élevées, s'appuyant, du côté du Nord, contre les hautes montagnes ferrugineuses de la partie nord de Ouen. Ces formations sont déchiquetées, faciles à détruire et constamment en destruction sous l'influence des actions atmosphériques : ce sont principalement des roches feldspathiques, affectant la direction de la baie, qui a dû elle-même être produite à la suite de leur disparition par décomposition et entraînement, par les eaux, des produits de cette destruction.

Aux roches à base de feldspath sont associées des roches ou argileuses ou arénacées. Les premières sont des *pegmatites*, qui, dans certains points fournissent, par leur décomposition, un kaolin assez blanc que l'industrie pourrait utiliser; les secondes sont du silicate de magnésie ou stéatites molles et des argiles ferrugineuses; enfin, les *roches arénacées* sont des parties des roches précédentes, que leur nature moins attaquable a préservées et qui se trouvent réunies dans certains points.

Dans l'anse Koumbé, découpure de la partie Nord de la baie Kuté, les roches sont dures, serpentineuses et découpées parfois en rhomboèdres assez réguliers, par de petits filons de silicate de magnésie, coloré en bleu verdâtre et imprégné d'oxyde de magnésie. On y rencontre aussi un amas de très-beau fer oxydulé magnétique. Il est au milieu de terres argilo-sablonneuses, qui paraissent provenir de roches feldspathiques de la famille des pegmatites; la couleur de ces dernières est violette, blanche, grise ou rouge. Les argiles contiennent en abondance des rognons assez gros et bien arrondis de pyrolusite.

Les argiles rouges passent souvent au *fer oxydé rouge*, dont la couleur, comme on sait, est très-belle, et que, sous le nom de sanguine, on utilise pour faire des crayons.

Si, de l'anse Koumbé, on s'enfonce dans la baie Kuté, en suivant le rivage, on voit apparaître de nouveau, sur une grande longueur, des schistes serpentineux avec fer chromé.

Le fond de la baie est essentiellement formé de pegmatites décomposées.

Le rivage Sud de Kuté est formé par des schistes chromés ordinaires, qui remontent jusqu'à l'entrée, à la pointe de Tioulé, descendent vers le Sud et suivent le pied du sommet S.-E. Ils passent alors à des pegmatites schisteuses, verdâtres, tenaces, qui se prolongent jusqu'au port *Kuturé,* où les montagnes sont abruptes, mais moins dénudées que dans la partie Nord de l'île. En remontant le ruisseau qui arrose la petite plaine bordant la mer, on aperçoit d'abord quelques diorites; se tournant alors sur la gauche, et se dirigeant vers le sommet *Nogungneto*, on rencontre à son pied des roches d'un beau vert, translucides sur les bords, à éclat un peu gras, à cassure esquilleuse, tenaces, rayant fortement le verre; en un mot, offrant tous les caractères distinctifs des *Jades asciens*. Ils servent en effet, aux indigènes, à fabriquer leurs plus belles haches et les perles vertes dont ils font des colliers si précieux et si estimés parmi eux, en raison, probablement, de l'énorme travail et de la patience qu'il faut déployer pour arrondir et percer sans instrument autre qu'un fragment de quartz, une pierre aussi dure.

Cette roche est associée à des schistes serpentineux, des filons de quartz impur et des feldspaths. Au contact des schistes, elle est schisteuse elle-même. Si l'on suit la direction des *bancs*, on arrive sur l'arête de la chaîne N. 60° O., qui forme la partie centrale de la portion S. de l'île Ouen; le long de cette arête, en se dirigeant vers l'E., on suit encore les bancs de la même roche. Alors elle présente quelques modifications : les parties blanches dominent, contiennent des cristaux d'un beau vert émeraude, très-durs, mais un peu fragiles, inaltérables à la flamme du chalumeau, fusibles avec addition de borax en donnant le *vert de chrome ;* ces cristaux sont trop petits pour que j'aie pu en distinguer le genre de cristallisation, cependant ils offrent plusieurs des caractères des grenats ouwarovites.

Ces jades affectent quelquefois une forme arrondie au milieu des roches serpentineuses plus molles, formant des rognons à la surface desquels, maintenus seulement par une de leurs faces, on trouve ces beaux cristaux verts. Dans ce cas, il serait facile de les détacher, s'ils atteignaient une grosseur suffisante : certainement alors les lapidaires les rechercheraient à cause de leur couleur d'un vert si pur, de leur transparence et de leur dureté. En cassant le rognon de jade, on aperçoit, noyé dans sa masse, les mêmes cristaux verts·qui, en certains points, paraissent se fondre et verdir la roche : or, comme ils sont eux-mêmes colorés par le chrome, on peut conclure

que la matière colorante de ces jades est aussi le chrome,
mais à un grand état de division.

Nous avons vu que par ses caractères physiques, cette
pierre doit être rangée parmi les *jades asciens* ; il existe
encore un certain désaccord sur la classification de ces
roches. Saussure en a rangé une variété dans le groupe
des feldspaths : connue dans les Alpes sous le nom de
Saussurite ou de *feldspath tenace*, elle possède des caractères très-analogues à ceux du jade de l'île Ouen, si ce
n'est que sa couleur est le blanc jaunâtre ou gris clair.

Vient ensuite le *jade néphrétique* ou *jade de la Chine*,
qui est si précieux dans cette dernière contrée, où, taillé
en forme de bâton, il est le symbole du commandement.
Comme celui de l'île Ouen, il est quelquefois coloré en
vert par le chrome, et sa composition, qui s'éloigne un
peu de celle de la *Saussurite*, l'a réuni à l'amphibole, qui,
comme nous le savons, abonde dans le voisinage du jade
de l'île Ouen.

Le jade de la Nouvelle-Calédonie blanchit sous l'action
du chalumeau, devient opaque et sans consistance puis-
qu'on peut alors l'égrener sous l'ongle.

Jusqu'ici le jade a surtout été apporté en France de la
Chine, de l'Océanie et de l'Amérique sous forme d'objets
travaillés ; les gisements de cette belle roche ne sont pas
encore bien connus. D'après Walérius elle existe cependant en cailloux roulés sur les bords de la rivière des
Amazones, d'où lui est venu aussi le nom de pierre des
Amazones ; à Tavai-Panama, en Nouvelle-Zélande, et dans
plusieurs pays habités par des sauvages, lesquels les
taillent et s'en servent alors comme d'instruments tran-
chants.

En Nouvelle-Calédonnie, les indigènes aujourd'hui, ou
ne savent plus faire les belles plaques de jade poli aux-
quelles ils attachent tant de prix, ou ignorent d'où elles
viennent. En général, quand on leur demande où ils se
sont procuré ces plaques, ils indiquent invariablement
comme lieu de provenance une localité très-éloignée de
leur propre territoire.

En approchant du col d'*Aua*, le plus bas de la chaîne
de montagnes sur laquelle est le Jade (col qui domine
encore la baie de Kuturé), celui-ci devient plus rare, se

transforme et ne se trouve plus qu'en rognons très-durs, disséminés au milieu d'argiles blanches magnésiennes ; celles-ci sont quelquefois striées comme par un glissement de la roche qu'elles enveloppent, elles atteignent alors une ténacité plus ou moins grande et deviennent de l'asbeste ; ce qui confirme ces glissements des rognons, c'est que ceux-ci portent souvent à leur surface les traces d'un frottement puissant, qui les a profondément sillonnés.

Du col d'Aua, si l'on descend dans la baie Kuté, la composition des rognons dérivés du Jade change de plus en plus ; ils paraissent alors passer aux *Pegmatites* mentionnées plus haut.

Minerais de fer du Sud. — On voit par ce qui précède que, dans le sud de la Nouvelle-Calédonie, non-seulement le minerai de fer est très-abondant, fait d'un grand intérêt, mais encore qu'il tient toujours disséminée dans sa masse une certaine quantité de *chromate de fer*, soit environ 2 $^0/_0$ de sexquioxide de chrome. Or, l'acier contenant à l'état d'alliage jusqu'à 2 $^0/_0$ de chrome ne perd rien de sa malléabilité, et atteint même une dureté extrême, et la dureté dans l'acier étant ce que les industriels recherchent toujours, le minerai chromé calédonien pourra donc être demandé un jour : il existe ici dans de telles conditions que, dans beaucoup de points, on pourrait le charger à bord des navires aussi facilement que les galets du rivage.

Ce minerai est un *fer hydroxydé* ; il contient 9 $^0/_0$ d'eau et 73 30 de péroxyde de fer.

L'essai par la voie sèche a donné un *culot* bien réuni d'une fonte blanche, assez tenace, indiquant une teneure de 51 30 $^0/_0$ de fer.

Signé : GARNIER,
Ingénieur des Mines.

Port-de-France, le 16 avril 1866.

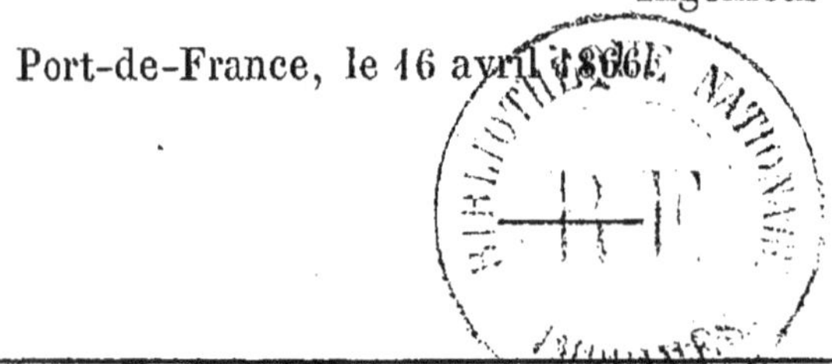